イラスト　川上潤
ブックデザイン　環境デザイン研究所

イケメンに
ＯＬぶつかる
それとなく

イケメンの尻にバッグを当てる主婦

大山
鳴動して
オナラ一発

糖制限
誕生ケーキ
いちごだけ

出目金が
腰ふる
赤いスカートひれ

断続する
おしっこ嘆く
60代

乳下がり
玉下がりする
60代

顔しわの
動き眺めて
日が暮れる

どの人も
乳房を見てる
中央線

若い娘を
出せばいいのに
美魔女出る

乳隠せ
大き過ぎるよ
弁天様

花粉症
目と鼻くしゃみ
水しぶき

花粉来て
馬糞にかかる
鼻もたず

ふしだらも
ギャグになったら
東スポ化

東スポが
なければ世の中
不思議なし

東スポが
なければUFO
世にあらず

感謝状
UFO
東スポ

東スポ
UFO

東スポで
ネッシー
最近見なくなり

東スポでよく捕獲される宇宙人

真剣な
雪男の顔
東スポだけ

マスク取り
ウイルス飛ばす
花見かな

胸ばかり
強調してる
整形後

電車男
笑いつつ見る
谷間と脚

人様の
トイレの後は
スカンク小屋

犬猫は
整形前の
飼い主似

整形なき
アイドル居たと
大ニュース

背の高い
女の美脚
あたり前

風吹きて
髪《かみ》去りにけり
老いの秋

おしっこの
飛び出す角度で
老いを知る

古希来ねど
ガタつく身体
油切れ

太陽が残した
想い出
顔のシミ

医者勧め
無意味に歩く
その日だけ

バーコード
誰かの髪に
似ているね

ハゲハゲと
からかい自分の
毛も抜ける

貧乳を嘆くな補整ブラがある

乳ゆれる
見ないように
気を配る

美女を見て
短足も見て
空仰ぐ

妻に似る
プードル蹴って
お散歩に

ブス妻が
夫と寄り添う
あてつけに

美人妻
ブス夫を
遠ざけ歩く

モデルルーム夫婦愛の蜃気楼

八つ当たり
する犬ありて
夫婦愛

年金は犬猫夫のエサ代に

魂が抜ける恐怖のスカイツリー

郵便はがき

料金受取人払郵便

荻窪局承認

8962

差出有効期限
平成31年10月
15日まで
（切手不要）

167−8790

（受取人）
東京都杉並区西荻南二丁目
20番9号 たちばな出版ビル

(株)たちばな出版

「かえる跳び川柳」係行

フリガナ		性別	男・女	年齢	歳
お名前					
ご住所	〒　　　　—				
電話	—　　—				
eメール アドレス					

アンケートハガキを送るともらえる 開運プレゼント！

毎月抽選

パワースポット巡り DVD

&

パワーストーン・ブレスレット

パール
金

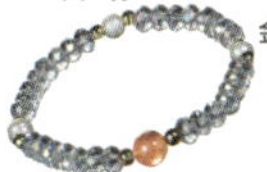

サンストーン

（女性用）

サンストーン・金・パールは
最強の組合せ！

水晶

オニキス
ヘマタイト

（男性用）

魔を払い、願いが叶いやすくなる！

プレゼント付き 読者アンケート

「かえる跳び川柳」

★本書をどのようにしてお知りになりましたか？

①書店での手相占いイベントで　②書店で

③広告で（媒体名　　　　　　　　　）④ダイレクトメールで

⑤その他（　　　　　　　　　　）

★本書購入の決め手となったのは何でしょうか？

①内容　②著者　③カバーデザイン　④タイトル

⑤その他（　　　　　　　　　　　　　）

★本書のご感想や、今関心をお持ちの事などをお聞かせ下さい。

★読んでみたい本の内容など、お聞かせ下さい。

★最近お読みになった本で、特に良かったと思われるものがありましたら、その本のタイトルや著者名を教えて下さい。

★職業 ①会社員　②会社役員　③経営者　④公務員　⑤学生

⑥自営業　⑦主婦　⑧パート・アルバイト　⑨その他（　　　）

当社出版物の企画の参考とさせていただくとともに、新刊等のご案内に利用させていただきます。
また、ご感想はお名前を伏せた上で当社ホームページや書籍案内に掲載させて頂く場合がございます。

ご協力ありがとうございました。

ブス女
世界に羽ばたく
整形後

ニューハーフ
女湯楽しき
手術後は

バツ1《イチ》がバツ2《ニ》を笑う初見合い

産経と朝日が右往左往する

朝日新聞
産経新聞

山の手線
足ばかり見て
駅過ぎる

東横線《とうよこせん》
萌え立つ春よ
ミニばかり

東武線
押されて押して
踏み踏まれ

秋葉原
オタクのふりをする
メイドらに

くたびれる
主人扱い
秋葉原

不思議エリア
吉祥寺の主《ぬし》
楳図《うめず》さん

高円寺
さえない人の
住む天国

阿佐ヶ谷は品がいいやら悪いやら

北千住
徹しきれない
上品さ

美魔女さえ
なければ目に良い
ワイドショー

地震来て
ゆれる胸《むな》乳《ぢち》
百合ヶ丘

おばさんと
呼ばれて怒る
美魔女たち

為せばなる
為さねばならぬ
当たり前

巨尻ゆえ
ズボンはみ出す
２割強

やめてくれ
むくんだ足の
短パンミニ

ズボンはく
出《で》尻《じり》デカ尻《じり》
目はそこに

花粉症
子供と垂らす
鼻水戦

股かゆい
人前で掻けぬ
ステージ上

股開き
酒飲む妻は
PTA

酒

花見酒
ダンゴ鼻でも
美人に見え

チワワ来て
同じチワワの
顔が妻

親に似ぬ
良い子他人の
DNA

メス猫に
当たるしかない
妻強く

残高
3,000

家計簿をつけぬカミさんたたり神

二段腹
三段腹へと
進む妻

立ち小便
風に吹かれて
犬かぶる

親しかる
子供のクセは
親ゆずり

いつまでも
悩みつきない
格安整形

美魔女出て
また美魔女出て
スイッチ切る

増毛より
カツラがお得
非課税で

絶世の美女はオカマで すぐ逃げる

頭の毛
飛んで脇毛で
返り咲く

近眼と老眼のコラボ60代

ここ一番
またいなかった
松田君

深見東州氏の活動についてのお問い合わせは、下記までお願いいたします。
また、無料パンフレット（郵送料も無料）が請求できます。ご利用ください。

お問い合わせ　フリーダイヤル
0120 - 50 - 7837

◎ワールドメイト

東京本部	TEL 03-6861-3755
関西本部	TEL 0797-31-5662
札幌	TEL 011-864-9522
仙台	TEL 022-722-8671
千葉	TEL 043-201-6131
東京（新宿）	TEL 03-5321-6861
横浜	TEL 045-261-5440
浜松	TEL 053-413-5155
伊勢・中部	TEL 0596-27-5025
名古屋	TEL 052-973-9078
岐阜	TEL 058-212-3061
大阪（心斎橋）	TEL 06-6241-8113
大阪（森の宮）	TEL 06-6966-9818
高松	TEL 087-831-4131
福岡	TEL 092-474-0208
熊本	TEL 096-213-3386

◎ホームページ
http://www.worldmate.or.jp

深見東州（ふかみ とうしゅう）プロフィール

本名、半田晴久。別名戸渡阿見《ととあみ》 。1951年生まれ。同志社大学経済学部卒。武蔵野音楽大学特修科（マスタークラス）声楽専攻卒業。西オーストラリア州立エディスコーエン大学芸術学部大学院修了。創造芸術学修士（MA)。中国国立清華大学美術学院美術学学科博士課程修了。文学博士（Ph.D)。中国国立浙江大学大学院中文学部博士課程修了。文学博士（Ph.D)。カンボジア大学総長、教授（国際政治)。東南アジアテレビ局解説委員長、中国国立浙江工商大学日本文化研究所教授。また有明教育芸術短期大学教授などを歴任。ジュリアード音楽院名誉人文学博士ほか、英国やスコットランド、豪州で５つの名誉博士号。またオックスフォード大学やロンドン大学の名誉フェローなど。カンボジア王国政府顧問（上級大臣)、ならびに首相顧問。在福岡カンボジア王国名誉領事。アジア・エコノミック・フォーラム ファウンダー（創始者)、議長。クリントン財団のパートナー。オペラ・オーストラリア名誉総裁。また、ゴルフオーストラリア総裁。ISPS HANDA PGAツアー・オブ・オーストラレイジア総裁。世界宗教対話開発協会（WFDD）理事、アジア宗教対話開発協会（AFDD）会長。国立中国歌劇舞劇院一級声楽家、国立中国芸術研究院一級美術師、北京市立北京京劇院二級京劇俳優に認定。宝生流能楽師。社団法人能楽協会会員。IFAC・宝生東州会会主。「東京大薪能」主催者代表。オペラ団主宰。明るすぎる劇団東州主宰。その他、茶道師範、華道師範、書道教授者。高校生国際美術展実行委員長。現代日本書家協会顧問。社団法人日本ペンクラブ会員。現代俳句協会会員。

カンボジア王国国王より、コマンドール友好勲章、ならびにロイヤル・モニサラポン大十字勲章受章。またカンボジア政府より、モニサラポン・テポドン最高勲章、ならびにソワタラ勲章大勲位受章。ラオス政府より開発勲章受章。中国合唱事業特別貢献賞。西オーストラリア州芸術文化功労賞受賞。西オーストラリア州州都パース市、及びスワン市の名誉市民（「the keys to the City of Perth」、「the keys to the City of Swan」)。また、オーストラリア・メルボルン市の名誉市民及びシドニー市市長栄誉賞受賞。紺綬褒章受章。ニュージーランド政府より、外国人に与える最高勲章ニュージーランドメリット勲章を受章。このような学歴や名誉に関係なく、普通で飾らない性格や、誰とでも明るく楽しく話す人間性が特色。西洋と東洋のあらゆる音楽や舞台芸術に精通し、世界中で多くの作品を発表、「現代のルネッサンスマン」と海外のマスコミなどで評される。声明《しょうみょう》の大家（故）天納傳中大僧正に師事、天台座主（天台宗総本山、比叡山延暦寺住職）の許可のもと在家得度、法名「東州」。臨済宗東福寺派管長の（故）福島慶道師に認められ、居士名「大岳」。ワールドメイト・リーダー。179万部を突破した『強運』をはじめ、人生論、経営論、文化論、宗教論、書画集、俳句集、小説、詩集など、文庫本を入れると著作は290冊以上に及び、7カ国語に訳され出版されている。その他、ラジオ、TVのパーソナリティーとしても知られ、多くのレギュラー実績がある。 (2017年9月現在)

かえる跳び川柳

2017年10月24日　初版第一刷発行

監　修　深見東州
発行人　杉田百帆
発行所　株式会社　たちばな出版
〒167-0053
東京都杉並区西荻南二丁目二十番九号　たちばな出版ビル
電話　03-5941-2341（代）
FAX　03-5941-2348
ホームページ http//www.tachibana-inc.co.jp/
印刷・製本　株式会社太平印刷社

ISBN978-4-8133-2592-5